KB176694

신화의 푸른 골목길을 걷다

신화의 푸른 골목길을 걷다

김성조 시집

역락

시인의 말

내게 신화는 그리움이다. 꿈이랄까, 염원이랄까 그런 간절한 떨림을 동반한다. 신화적 상상력에 근거하여 시집을 출간하고자 하는 배경도 여기에 있다. 1990년대 후반쯤일까, 아마도 첫 시집(1995)을 출간하고 난 뒤 그 몇 년 사이의 일이 될 것 같다. 어느 늦은 오후 문우들과 종로를 걷다가 문득, 네 번째 시집은 '김수로왕 신화'를 소재로 써야지, 라는 생각을 하게 되었다.

이는 '문득'이라고 해야 할 만큼 순간적인 스침의 형식으로 다가왔다. 하지만 이미 오래전에 내 안에 자리하고 있던 열망의 한 축이 아니었을까 싶다. 신화적 상상력의 근저는 삶과 존재를 탐구하는 일련의 과정과 연결되어 있기 때문이다. 여기에 김수로왕의 후예라는 뿌리의식이 한몫을 했으리라. 내게 뿌리의식은 핏줄의 범주를 넘어서서, 어릴 때 보았던 마을사람들의 모습과 그 이야기적 경험공간까지 두루 아우른다.

그렇다면, 네 번째 시집이란 또 무엇인가. 이는 아마도 그 무렵, 내 부족한 시적 역량을 염두에 두고 두 번째, 세 번째 시집을 건너 조금 더 멀찍이 약속을 잡아두고자 하는 무의식적 발현이었을 것이다. 신화적 요소를 현대적 삶과의 연계성 속에서 형상화하는 작업은 그리

쉽지 않을 것이기 때문이다.

60편의 시를 제4부로 묶었다. 제1부와 제2부는 '김수로왕 신화'에 터를 두고 신화의 탄생, 가야국의 유적, 그를 둘러싼 이야기적 배경을 형상화했다. 제3부는 어렸을 때의 경험 즉, 금관가야의 한 지역을 살았던 사람들의 이야기가 중심에 놓인다. 제4부는 신화가 사라진 이 시대의 풍경에 초점을 두었다. 따라서 부재와 상실을 살아가는 나, 너, 당신, 그대들이 시적주체가 된다. 제3부와 제4부를 큰 틀에서 신화적 상상력 속에 포섭하고자 하는 이유가 여기에 있다.

많이 늦었다. 처음 계획대로 했다면 이 시집은 이미 출간되었을 것이다. 결국, 네 번째 시집이라는 스스로의 약속은 지켜지고 있지만, 한참을 돌아온 셈이다. 신화는 이상한 떨림이고 그리움이다. '사람'이 사라져버린 삭막한 인공의 시대. 신화는 그 부재와 결핍을 채워주는 아득한 울림이면서 생명성이다. 긴 길을 걸어와 이제야 오랜 숙제를 내려놓는다.

2024년 봄

김성조

차례

제1부
구지봉의 북소리

제2부
가야국을 흐르는 빛

제3부
꿈, 그 시절의 사람들

제4부
신화 그 이후

제1부

구지봉의 북소리

돌아오지 않는 왕국

무엇인가 쏟아질 것 같다
쏟아져 무너질 것 같다
무너져 영영 사라질 것 같다

뇌리를 스치는
알 수 없는 나라의
풀뿌리 몇 개

여윈 가슴 구릉 위에
싹을 낸다

몇몇 사람이 이마를 맞대고
햇살 발자국을 지우고 있는 사이,
잠을 깬다

오늘도 별의 왕국은 돌아오지 않았나보다
아무렇지 않게 또 아침이 밝았다

수로왕의 골짜기

산이 맑고 들이 아름다운 고을에는 눈빛 선한 사람들의 이야기가 전해온다 그 이야기는 다산多産의 평화와 그해 농사를 기름지게 하는 물소리를 닮아 있다

어느 해, 하늘이 친히 목소리를 내어 춤추고 노래하며 나를 맞으라 명하신다 구지봉의 북소리 뜨겁게 해를 오른다 붉은 보자기에 싸인 여섯 개의 알 그 중 황금빛 짙은 얼굴 먼저 껍질 깨고 나와 바다를 평야로 다스리는 손을 들어 보였다

수로왕의 골짜기엔 해마다 젊은 꽃들이 가지를 벋어 봉우리마다 마을이 들어선다 어디에도 없는, 어디에나 있는 소리의 근원을 채워가기 위해 밤낮의 길이를 처마 끝에 새겨두고 맨발의 새벽나루를 저어간다

이야기는 어린아이의 강보에 싸여 오늘도 이웃집 담장 너머로 줄기를 낸다 아이들은 단잠에 귀가 밝고 겨드랑이엔 제 고장의 풀꽃 하나씩 꽂아도 좋다

거북아거북아

아직은 더 깊이 잠들어야할 때라고
성급히 고개를 든 꽃들이 숨죽이고 있을 때,
덩달아 붉은 흙에 머리 누이지 마라
왕은 이미 햇살 강을 건너
산등성이에 이르렀다

머리에 소나무 몇 그루
청청 물결 뿌리를 내려
사철 시들지 않는 생명수를 건는다 해도,

거북아거북아
너는 잠시만 긴 잠을 건너와
노래를 잃어버린 젖은 들길의 사람들에게
왕의 나라로 가는 길을 알려줘야 한다

폭염에 타오르는 도시의 한 복판
신호등을 기다리는 옷자락들의 펄럭이는 슬픔

낮게 엎드려 천수를 누리는
이파리들의 소란한 발자국을 지나

너는 다시 한 뜰의 신화를 불러내야한다
사람의 세상을 들려줘야한다

천년의 결혼

별과 그 별의 탯줄로 이어져 있어
소리가 없어도 소리를 이루게 되리라

왕의 뜰에 먼 공주의 눈썹이 꿈결로 핀다 해도
이상할 것은 없다
나무가 처음 붉은 볏의 소리를 열듯
허공으로 난 두 개의 돌다리는
천년에 한 번 이마가 닿아
세상에 없던 꽃이 피어나기도 한다

꼭 만나야할 사람이 있다는 것은
기쁘지만 기쁜 것이 아니다
슬프지만 슬픈 것이 아니다
뿌리의 한 끝을 이고 할 말을 숨죽여 온
전생, 그 전생의 골목이 잎을 내고 있는 한
그리 오랜 시간이 아니다

하늘과 바다가 둥글게 울타리를 지어가는
똑똑똑, 누군가
그대 심장의 빗장을 열고 있다

>

김수로와 허황옥의 오동꽃 달밤
뱃길인 듯 들길인 듯
타고난 꽃잎의 고른 숨결로
피었다지고, 피었다진다

다산多産의 공주

오이 줄기가 밤새 넝쿨을 치는 뜰에는
박꽃 향 별꽃을 사르는 비밀한 속삭임이 있다
제 몸에 밴 황금빛 향기는 제 빛의 숨결을 이고
하늘에 있는, 하늘만 안다는 별의 품속으로 스며든다

밤낮이 바뀌는 몇 개의 물길을 지나
별의 성체를 먹고 자란 성숙해진 별은
길吉한 자리 지상의 나뭇가지에 깃털을 푼다
꿈결인 듯 아스라이 별의 날갯짓소리 들려오자
하늘을 닮은 여인이 얼른 치마폭 열어 맞이한다

하나, 둘, 셋…… 열두 개의 별이
치마폭을 가득 채우자
마침내 아침이 밝았다

들에는 씨알 굵은 밀이 익고
잔치마당 흥겨운 어깨엔 접시꽃 붉게 돌담을 친다
김씨와 허씨로 나뉘어 피는 별의 사연은
공주의 딸랑이는 귀걸이 문양 속에 남아있다

파사석탑婆娑石塔

긴 뱃길에 풍랑이 없으랴
맑은 날에도 바람은 제 발톱을 숨기고
사람 사는 마을 은밀한 이야기 속으로 스며든다

잠시 고요한 햇살에 취해
졸음에 겨운 실눈을 뜰 때도
태양의 해변 남자와 여자의 눈부신 맨살의
날아오르는 웃음소리에도 바람은
어김없이 구름의 가시를 풀어놓는다

풍랑을 헤쳐가지 못해 되돌아온 공주에게
문양 섬세한 석탑을 내어준 사연도 여기 있으리라

풍랑을 잠재우는 것은 기울기의
평정심을 몸으로 일깨우는 일
바람의 무게를 바람으로 다스려
수신水神의 숨결을 본래적 바다로 돌려놓는 일

붉은 돛폭, 은은 물결 비로소 펄럭여
소리로도 닿기 어려운 머나먼 포구

꿈에 본 사내의 어깨에 꽃잎으로 내려앉기를,

비단바지를 벗어 제를 올린 여인의 심연도
하늘과 땅을 감사하는 그 하나에 있으리라

*파사석탑婆娑石塔은 가락국 시조 김수로왕의 비 허황옥이 서역 아유타국에서 가지고 온 돌탑이라고 한다. 수신의 노여움을 잠재우기 위해 함께 싣고 왔다는 내용이 삼국유사 등 고서에 남아있다.

구지봉의 북소리

문이 닫혀 있어도
소리는 날아든다
눈을 감고 있어도
꽃잎은 피어난다

입이 있어도 말을 잃어버린
독거獨居의 창가에
누군가 선뜻 불을 지펴놓는다

침묵이 길어지면 금은도 녹이 슨다

잊은 듯 잊히지 않는 어둠의 발등에
누군가 아름다운 빛의 아침을 뿌려놓는다

오셨나요 오셨나요
낮은 산이 서둘러 북소리를 내자,
한끝의 하늘이 마을을 연다

달이 제 빛으로만
창공을 흐르듯이,

>

그림자가 없다

그늘이 없다

바람의 불가사의

하늘이 나를 명하실 때
내 짝도 이미 정해 놓았을 것인즉,

왕이 친히 먼 뱃길의 여인을 들판 너른 숨결로
안아 올리자 바람은 비로소 제 결을 찾아
백일홍 붉은 뜰로 내려선다

내가 누군가를 간절히 그리워할 때는
그 누군가도 나를 간절히 그리워할 것이라는
그런 신화의 봄날도 있었으리라

여자와 남자는 모르는 척 아는 척 오늘도
제철의 풋과일을 베어 물며 과즙에 배어있는
핏줄의 향기를 서성이고 외면하고 앞질러간다

오늘인 듯 어제
어제인 듯 오늘
나 아닌 내가 나를 닮은 내가
제 길인 듯 낯선 별을 떠돌고 있다면
아직도 바람의 불가사의를 벗지 못한 까닭

>

아주 먼 거리의 그리움일지라도
그 약속의 무게를 바람의 무늬 속에
새겨두고자 하는 사람이 있다

서西에서 동東으로 흘러온 석탑의 향기처럼
머물러 영원이 되고자 하는 사람이 있다

갑옷을 주세요

갑옷을 주세요
이제 나는 싸워야 해요
산바람 억새소리에 귀 묻으며
문고리를 잠그는 일은 하지 않겠어요

때로 진흙걸음이 담장을 흔들어도
모른 척 돌아보지 않았어요
지나는 걸음, 바삐 스쳐가기를 기다렸지요

하지만, 허술한 문짝 하나로 내 처마를
넘보는 것은 참을 수 없어요
오랜 이슬 길을 걸어온 내 뜰의 햇살은
늦가을 아침처럼 맑고 차갑거든요

갑옷을 주세요
투구도 주세요

선반 위에 올려놓은 철鐵의 푸른 눈이
뜨겁게 길을 열고 있잖아요
말들이 사라져간 노을빛 들판

정신의 별빛으로 말굽소리를 울리며
까맣게 몰려오는 창槍들을 무찌르겠어요

망설이지 않겠어요
난 가야의 딸이잖아요

날이 밝기 전에 첫 기차를 타겠어요

구지봉석龜旨峯石

조선 명필 한석봉의 글씨가 새겨진
구지봉석龜旨峯石은 비바람 역사에도
돌의 빛을 잃은 적이 없다

천년, 이천년 가야의 혼이 깃들어
흐린 빛의 계절에도 쾌청의 얼굴로 앉아있다

초록빛 한낮이면 고인돌 속
사람들이 걸어 나와 두런두런 땀을 식히는
나그네의 어깨를 두드리다 간다

가끔, 왕이 가벼운 옷깃으로
등성이 그루터기에 걸음을 쉰다

먼빛 시선에 키 높은 집들이
자줏빛 구름그늘에 걸려있다

그 이마 어디쯤
아직도 까치가 둥지를 트는 것은
반가운 일이다

쌍어雙魚의 비밀

쌍어雙魚는 마주보고 귀를 열고
마주보고 잠이 든다 잠 속에 한 마을의
희고 붉은 소리를 사랑으로 쓰다듬어 문고리마다
닮은 듯 낯선 나무 한 그루씩 옮겨놓는다

나무는 철마다 연둣빛 이파리를 내어
눈과 어깨, 가슴과 가슴이 맞닿은 빛의 골짜기
쌍어문雙魚紋의 결로 다시 태어난다
결의 순수 결정에는 먼 길 온 여인의
손금이 싹을 내고 있다

손금의 아지랑이엔 왕의 기침 무시로 드나들어
흐린 날에도 해와 달과 별이 뜬다

해와 달과 별의 지느러미를 단 쌍어는
흙의 붉은 숨결에 오래 제 고동소리를 묻었다가
뿌리의 뿌리가 나뭇결이 되는 먼 훗날
능陵을 지키는 금슬 좋은 풍경소리가 된다

소리들의 흔적

참새 떼 후르르 무시로 날아들어도 좋을
나지막이 넓은 가슴 가야고분군은
신화의 봄밤이 뿌려놓은 고요이리라

어느 정직한 손끝이 키워낸 밀알의 숨결인 듯
그리 먼 곳이 아닌,

방금 여기에 초록으로 차올라
몸속 가득 안겨오는 그런
소리들의 흔적

충성 깊은 사내의 어깨 어디쯤
눈빛 맑은 베옷의 풀뿌리 향기 어디쯤
나와 닮은 소리 한 점 나오지 않을까
스쳐가는 걸음에도 어디선가 본 듯 닿은 듯
허리 꼿꼿 옷깃들이 푸르다

기억조차 아득해진
하늘을 닮은 꼭 그만큼의 땅
조금은 키가 낮은

조금은 품이 넓은

주름 가득 우리네 할머니 할아버지 아니신가

조개무지를 흐르는 사람들

사람 이전에도 사람이 있었다

울음이 있고 웃음이 있고
반짝이는 모래알 그쯤
사랑이 있었다

누가 단잠을 깨웠나
조개껍질 이랑마다 파도소리 철썩인다

잊혀 진 듯 그 어느 때의 이야기로
손 내밀어보면
층층 갈피마다 물결치는 바다

마음병 깊은
그리움에 화답을 하듯,

두런두런 옛사람들이 걸어 나온다

여섯 개의 알

김수로왕릉 연못가엔
눈빛 희디흰 여섯 개의 알이 견고한
돌의 음성으로 오늘을 살아있다

붉은 금실에 실려 온 여섯 개의 알은
여섯 개의 하늘, 여섯 개의 별, 여섯 개의 들판
여섯 개의 마을, 여섯 개의 대문이다

여섯 개의 대문을 들어서면
여섯 개의 식탁 위에 올 농사의
황금빛 곳간이 두런두런 빛을 낸다

박 넝쿨 햇살줄기를 내는 한낮이면
지붕과 지붕, 냇물과 냇물이 서로 이마를
맞대어 6가야국의 아들딸들이 익어간다

신화를 잃어버린 시대에도 신화는 살아
낮은 식탁 인공의 달빛 속으로 스며든다

약속의 땅

바람을 잘 타는 나무는
언제나 그만의 바람을 안고 있다
높은 산이 키 높은 벼랑을 키우듯
그만의 하늘 그만의 바람을 품고 있다

한철 풀잎이 제 터에 길을 놓아
때늦은 꽃소식을 피워 올릴 때도
나무는 바람 앞에 온몸을 내어놓고 있다
외진 산길 이름 없는 잡목들조차
한번쯤 그 옷깃을 흔들어보고 간다

하지만 바람이 늘 폭풍이 되는 것은 아니다

볕 잘 드는 양지쪽엔 고양이의
낮잠이 밝고 빨랫줄의 흰옷은
이마 서늘한 향기로 펄럭여,

약속의 땅, 신화의
푸른 머리말이 되기도 한다

제2부

가야국을 흐르는 빛

수릉원首陵園을 걸으며

내 별로 돌아가리라

세상 일 엉킨 실타래처럼 풀리지 않을 때
아무리 애를 써도 세상과의 거리가 좁혀지지 않을 때,

이 별은 내 별이 아니라고
갯가의 능수버들은
온밤을 다해 울었다

아마 그런 연유가 있었는지 모른다

그 많은 울음들 파도처럼 철썩이다,
파도처럼 밀려가는 소리를 들었다

유적지 뒷길

반짝이는 햇살 아래 저 그늘의 깊이는
슬픔이 얼마나 큰 힘을 지니는지 아는 사람만이
걸어갈 수 있는 통로이리라

이를테면
몇 생을 걸어야 만날 수 있는
그런 인연의 한 끝에서나
열리는 숨결이라고 할까

이번 생은 여기까지야
저문 들녘에나 필 그런 풀잎 하나 정도는
옷깃 스치는 가랑비 같은 거야
꿈을 꿈으로 피우지 못한 날들은
내 그릇의 비좁은 소관일 뿐

사내들의 간이탁자가 붉게 저물어간다

그런 풀잎 하나 정도의
벼랑 끝 같은 황홀이 어디라고,

>
날 안아 줄 이 나밖에 없는
노점상 여인이 아직은 초록인 별빛을 안고
늦은 골목길을 걸어간다

장군수將軍樹의 사계

소리가 있다면 그 결은
봄풀처럼 따사롭고 가을아침처럼 차갑고
여름 장미처럼 뜨거울 것이다

겨울의 얼음 빛은 그 기저를 흐르는 정신

여린 몸피에 이름이 무거울 만도 한데
긴 여정에도 한 올 지친 기색이 없다

고려 충렬왕이 차향茶香에 취해 장군 칭호를 내렸다는,
가히 그 맛의 경계를 새겨봄직하다

수령 200여년의 봄, 여름 가을 겨울
아유타국 허황옥이 가져왔다는 봉차封茶의 뿌리는

멀고 먼 바닷길 수천수만의 물이랑으로
오늘도 잎잎 가야의 뜰을 흐르고 있다

가야기마무사상의 오늘

그 안장에 오르면 요즘 보기 드문 푸른 창끝의 기상이 살아날까 잠들었던 어느 신화의 숨결이 잊혀 진 변방의 봄날처럼 깨어날까

초록가지를 흐르는 유적지의 바람 사이로 이미 굳어버린 가슴 한 편이 물결친다 그 어느 땐가의 젊은 무사의 피가 다시 살아 돌아온다는 뜻일까

햇살 한 끝의 눈물 빛은
내 안 그리움의 오랜 연못이리라

그런, 그런 이야기의 뒤 안을 지닌 남자로, 여자로 몇 생의 골목길을 걸어 오늘 여기 가야기마무사상으로 서 있음이니,

거친 시멘트 길에 발목 다칠라

천리 흙길을 달리던 말굽소리는 한겨울 마른 풀 향기 속에 묻어두었다가 이듬해 봄, 아지랑이 희디흰 손끝으로나 기억해주게나

한낮의 가장 빛나는 그늘
-장유화상 사리탑

맑은 날보다
흐린 날이 많았다는 것은
지나온 걸음이 그만큼 뜨거웠다는 것이리라
불면의 뜰이 향기로웠다는 것이리라

한 때의 철새들 풍경소리를 이고
집 없는 정처定處를 흐르는 사이
가랑잎은 이리저리 남은 번뇌를 사르고 있다

낡은 문양 이끼 푸른 사리탑엔
오랜 풍상의 걸음인 듯
천년의 묵언이 피어있다

돌층계를 오르는 햇살의 기척에
얼핏 선잠 들었던 대웅전
뒤뜰이 돌아 나온다

합장한 나그네의 이마 위에
한낮의 가장 빛나는 그늘이

일렁이다 간다

여의낭자 단상

혼자서도
잘 살 수 있겠다는
생각을 한 아침은 슬프다

맑게 세수를 하고
더 이상의 기다림도 그리움도 없다는 듯
정갈한 새소리를 듣는 아침은 슬프다

한 번도 제 형체를 드러내어
빛이 되기를 소망한 적 없는 햇살은
오늘도 무심의 눈으로
만상萬象의 숨결을 넘나든다
찻잔 속에 흐르는 한 점 구름도
제 크기의 푸름으로 충만하다

우리는 무엇이 되기 위해
그 많은 파도의 굽이를 거슬러왔었나
바람과 구름을 떠돌고 흐르며
찬이슬 서릿길에 몸 부딪쳐왔었나

>

참 많은 사람들을 스쳐왔고
참 많은 사람들이 흘러갔다

내가 그의 기다림이 되어주지 못하듯
그도 나의 기다림이 되어주지 못한다는 것을
그리 오랜 걸음으로 지나온다

칠불사 영지影池

해가 없어도
그림자가 빛나는 것은
외로움이 불타고 있기 때문이다
눈물이 사리를 빚고 있기 때문이다

아들아,
오늘은 바람이 먹구름을 비껴간 뒤
저리 맑은 심연으로 아침 해가 뜨는구나
골짜기의 여리고 질긴 풀잎들도
간밤의 흐린 물길을 건너
제 뿌리의 초록을 내리고 있구나

보아라,
연못 속에 떠오른 일곱 송이 연꽃
젖은 물이랑에 투명 그림자를 풀어
적멸의 불꽃 사르고 있구나

그 희고 붉은 빛
어느 집 문턱인들 향기로 스며들지 않으랴

>

대웅전 처마를 오래 돌아 나온 풍경소리
이제 막 어둔 사람의 마을에 내려서는구나

흙의 나라

해가 뜬다는

달이 뜬다는

흙의 나라

아직은 들리지 않는다

기다리는 것에 익숙해진 사람들은
무료해진 그림자를 간이역 어스름에 풀어놓고
제 생애를 다투어 피는 노을을 바라본다

온종일 낯선 뒷골목을 분탕질하던
바람은 검게 얼룩진 옷깃으로
슬그머니 노을 끝으로 스며든다

별이 뜨려면 아직 몇 초의 침묵이 남았다

서둘러 어스름을 건너는 억새바람 사이,
웬 멧새 한 마리

〉

온몸으로 흙의 숨소리를 따라가고 있다

'수로왕을 위하여'

오월
물 한 방울의 목마름으로
'수로왕을 위하여' 산책길을 걷는다

잃어버린 한 철의 별빛을 찾아가듯
한 발 한 발 왕의 걸음이 닿은 길을
먼 여행길 나그네가 발자국을 포개본다

어제의 발자국과 오늘의 발자국이
흔들림 없이 딱 맞다

새잎, 새 가지
연둣빛 나뭇결 사이로

언뜻, 왕의 웃음소리 스쳐간다

* 김해 수릉원首陵園은 김수로왕과 허황후를 기리기 위해 조성된 생태공원이다. 이 공원에는 '수로왕을 위하여', '허황후를 위하여', 한마당, 가야루, 기억의 정원, 사색의 정원 등이

있다. '수로왕을 위하여'는 김수로왕을 기념하는 공간이다.

신화의 아침

나팔꽃은
하루를 살고
하루를 죽는다

선 채로 일생을 살고
선 채로 일생을 죽는다

그래서 날마다 새 얼굴이다
어제도 본 적 없는 오늘의 얼굴이다

그 얼굴에 새겨진 보랏빛 숨결은
너와 나의 핏줄을 흐르는
신화의 아침

강물이 차오를 때까지
가만가만 숨죽여 흐르는,

어제이면서 오늘이고
오늘이면서 내일이다

토성土城

벼꽃 향기로운 들판을 따라
외줄기 황톳길을 들어서면
거기, 동쪽으로 그늘을 내린
어머니의 뒤뜰이 있다
늙은 감나무 휘늘어진 가지에
붉은 감 제 무게를 안고 선 마당가
잠자리를 좇던 작은 소녀의
반짝이는 수줍음이 있다

어머니의 조신한 손끝을 따라
소녀는 한 뼘씩 키가 자라고
햇살 마디마다 생각의 줄기가 깊어졌다
봄, 여름 길흉화복을 서성이던 국화꽃은
장독대에 노란 제 향기를 걸어두고
이제 막 가을 성벽을 나서는 참이다

수로왕릉 능소화

찻잔 속에 떨어지는
꽃잎의 반짝 황홀은 영원이었을까
징검다리도 없는 햇살 사이로
향기 한 끝의 초록이
하늘을 열고 있다

어디로 가야할지를 이미 안다는 듯
팔월의 뜨거운 숨결 안으로 다스려
송이송이 어느 봄날의 아들딸들을 불러낸다
어제와 오늘이 한 줄기에 길을 내어
저렇게 붉은 담장을 날아오른다

엄마 손에 이끌려 찰칵 한 컷의
풍경으로 피어난 아이의 맑은 웃음소리는
그 꽃잎에 새겨진 노래이리라

노송老松의 거친 손등에
방금 저녁 해가 걸리는,
딱 그만큼의 영원이 피었다진다

가야의 후예

이름은 없지만
이름을 살라고 한다

키는 낮지만
키를 세우며 살라고 한다

구름이 처마를 적시고
바람이 뜰을 잠식해버려도
그 터에 열리는 소리를 잊지 말라고 한다

외진
어느 산길이든
들길이든

한사코 맑게 향기롭게 길을 품으라고 한다

언젠가 제 빛의 계절이 찾아오리라고
홀로, 더 홀로

어둠을 걸어가라고 한다

태양의 지문

신화의 이름으로

넝쿨을 지어가던

잠들지 않는

신어神魚의 반짝이는 속눈썹은

오늘도 석탑 관자놀이에

등을 걸고 있다

그 아침이 밝아

그 저녁의 발자국을 짚어가듯

태양의 지문이 찍힌 금빛항아리

능은 죽음이 아니라 영원이다

한 사람

어느 강가
막 타오르는 쑥부쟁이를 만나
몇 생의 나이테로 터를 잡았나
수양버들 햇살손끝이 잔물결 푸른 그늘에
제 생애의 절정을 풀어놓는다

온종일 허리를 쉬지 못한
언덕배기 텃밭은
일찍 무성해진 푸성귀를
감추듯, 감싸 안듯
초저녁 별빛 속에 묻어둔다

푸르디푸른 잎의 향기가
별이 되어가는 하늘 가장자리

아직도 풀리지 않는
수수께끼 하나쯤 남아있다는 듯,

한 사람이
귀를 열고 서서

오랜 길의 내력을 묻고 있다

제3부

꿈, 그 시절의 사람들

열 살의 오후

싸리꽃 첫 여름을 터뜨리는 오후
멀리 흙먼지를 물고 버스가 달려간다
벼 포기 푸르게 넘실대는 논과 논 사이
외줄기 하얗게 선을 그은 자갈길

잔솔가지 그늘 아래 까맣게 흔들리던
가야의 아이가 맨발로 버스 뒤를 따라간다
면사무소를 지나 길가 쇠락한 구멍가게와
녹슨 이발소의 간판을 끼고
낯선 골목길로 들어선다

대문이 열려있는 마당마다 햇살이
무더기로 쌓여있다 아이들은 낡은 교과서를
마루 끝에 던져두고 흙장난을 한다

손가락 사이로 빠져나가는
흙의 부드러운 숨결을 다 껴안기도 전에,

버스가 떠나가고
버스가 돌아오고

다시 떠나가 버린다

오늘 밥 주지 마라

그 남자의 이름은 까마귀였다
얼굴이 검다하여 붙여진 이름인 듯,
애 어른 할 것 없이 까마귀라 불렀지만
진짜 이름은 아무도 몰랐다

그 남자는 동네사람 누구와도 가까이 말을 트지 않았다
눈만 뜨면 산 밑 다랑논에 엎드려 쟁기질을 하고
거름을 나르고 김을 매었다 흰 수건을 눌러쓴 그의
아낙과 어린 아들도 그림자처럼 따라붙어 온종일
돌을 고르고 풀을 뽑았다

잠시 한눈을 팔거나 일이 눈에 차지 않으면
남자는 벼락같이 달려와
어린 아들의 머리를 쥐어박고 발길질을 했다

오늘 밥 주지 마라

어린 아들의 울음이 골짜기를 돌아
마을로 날아들 때까지 일은 끝나지 않았다

>

세월이 흘러 어린 아들은 황소 같은 청년이 되어
김을 매고 거름을 나르고 쟁기질을 했다
남자는 굽은 허리로 아들 뒤를 따르며
돌을 고르고 풀을 뽑고 씨앗을 뿌렸다

가끔, 힘에 부치는 듯 논둑에 앉아
긴 담뱃대에 불을 붙이곤 했다
젊은 아들은 멀리서 무어라 큰소리를 치다가
바람같이 달려와 담뱃대를 빼앗았다

오늘 밥 주지 마라

용왕먹이기

꺼질 듯 일렁이는 저 촛불은
사방 바람을 막으려는 용왕의 손길일까
무당이 한차례 꽹과리 굿을 하고 가면
촛불이 남은 어둠을 밀어내고 있다

가까이 가면
귀신이 따라온다는 이야기에
오금저린 걸음 멀리 비켜서 갔다

땅 한 뙈기 없이 노름으로 처자식 먹여 살린다는
노름쟁이 남자의 한 칸 초가집이 그 근처
언덕바지에 쓰러질 듯 펄럭이고 있었지만,
피라미 떼가 온종일 햇살 지느러미를 반짝이는
옥 같은 개울물은 가슴 속까지 환했다

그 개울물에 발을 담근 이끼바위 아래
색색으로 깜박이던 촛불, 촛불들

오늘은 또 어느 집 비손이 촛불로 타오르는가

뒷골 야시가 도와도 도와야 된다

무슨 원願이 그리 많았을까
어머니는 지나는 길목마다 마음 닿는 풍경마다
문득문득 걸음 멈추고 두 손을 모았다

오랜 나무나 바위 앞에서도 개울물 맑은
돌다리를 건너면서도 하늘에 떠가는 한 덩이
흰 구름을 보면서도 활활 타오르는 아궁이
앞에서도 종갓집 큰살림 간장을 담글 때도,

두 손 크게 원을 그리며
중얼중얼 빌고 또 빌었다

뒷골 야시가 도와도 도와야 된다

세상만사 독불장군
저 홀로 되는 것이 없다
어머니의 기도는 하늘과 땅, 물과 불
산과 들을 넘나들었다

그것은 참 이상한 그리움이었다

어머니의 기도 저 끝에 낯선 누군가가,
세상을 지켜갈 무지막지한 힘을 가진
누군가가 서 있을 것만 같았다

단 하나 내 편이 되어줄
그 누군가가 달려올 것만 같았다

세상 그 너머의 세상

거기는 어쩌면 사람의 세상을 뛰어넘는
세상 그 너머의 세상이 살아 있었나보다
겹겹 잠가놓은 방문을 일없이 열고
산과 들을 훨훨 날아다녔으니

초저녁 설핏 지난 칠흑 어둠 속
뒷산 끝머리 공동묘지 어디쯤에선가
들려오는 소리

사람 살리소
사람 살리주소

마른풀잎 스치는 외줄기 그 소리는 끊어질 듯 산을 타고 내려오다,
동네 맨 첫 집 우리 집 마당까지 들어서서는 장독대에 털썩 주저앉았다

어머니는 옷깃을 파고드는 내 손끝을
가만히 떼어놓고는 마루 끝에 내려섰다
마당을 스치는 숨죽인 발자국소리

>
아이고, 합천 마나님 아입니꺼

그때서야 몸 사리고 있던
앞뒷집 방문들이 헛기침을 하고 나섰다

온 산을 헤매다 깜박 정신이 들어
불빛을 찾아들었다는 노망난 합천댁 할매는
전갈을 받고 온 손자의 등에 업혀
다시 닫힌 방으로 돌아갔다

가을 한때의 동화

그냥 그렇게 살자
세월은 재촉하지 않아도 저만큼 가고
새끼들은 뿔뿔이 흩어져 아랫목이 허전하구나

동네 할매들 타작마당에 앉아
시름을 달래는 사이,
자갈길 흙먼지를 매단 버스는
굽은 산모퉁이를 돌아간다
털털대는 달구지와 자전거를 탄 아저씨가
깜박 흙먼지 속으로 사라진다

소녀는 괜스레 단발머리에 내린
햇살이 서러워 마른 풀잎 한 움큼 뽑아
구절초 향기 위에 뿌려주곤 한다

흙먼지가 걷히자 꿈결인 듯 저 멀리
아버지의 하얀 두루마기자락 펄럭인다
빈 새참그릇을 인 어머니가
아버지를 기다리는 적막 속,

>
오늘 타작하십니꺼

이웃동네 옥이 언니의 꽃무늬
양산이 불쑥 흘러간다

판쟁이

지게 한 가득 부서진 상床을 지고
지게 한 가득 기름칠 흐르는 상을 지고
마을 곳곳을 떠돌았다

보기보다 손끝이 야물다

북에서 내려와 피난민으로 떠돌다,
마을 끝자락 모서리 진 귀퉁이에 초막을 지어
그대로 눌러앉았다는 남자

키가 작고 왜소한 그 남자는 먼빛으로도 왠지 무서웠다
학교 오가는 아이들도 외진 돌담 그 집은 기웃대지 않았다

하교 길 어느 날
목이 말라 찾아든 그 집
머뭇대는 발소리에 삐걱 나무문이 열리고
서울댁이라 불리는 그의 아내가 박꽃같이 웃었다

〉

흙담 옆에 이어붙인 작은 부엌
키 낮은 항아리엔 방금 길어온 듯
맑은 물 한가득 찰랑대고 있었다
어둔 빛살에도 환한 조롱박
풋감 싱그러운 바람소리가 날아오르고 있었다

돌아 나오는 탱자나무 울타리에 분홍색 나팔꽃이 환했다

매일 동생하고만 노는
내 또래 그 집 딸은
도시아이처럼 얼굴이 하얬다

백정의 묘

그곳에는 언제나 서늘한 바람이 불었다
유난히 때깔 좋은 잔디의 물빛 손끝에도
보일 듯 말 듯 구름의 숨결이 스며들었다

사람들의 눈을 피해
몰래 묻었다는 백정의 묘
학교 오가는 길, 세상을 건너는
두려움의 첫 관문이었다

입에서 입으로 전해오는 그리 머지않은 날의
이야기였지만, 마을사람 누구도 그가 어느 동네 사람인지
몰랐다 버려진 듯 초라한 길가 밭 귀퉁이에 어느 날엔가
밤을 도와 얕은 봉분이 만들어졌다고 한다

잡풀이 키만큼 무성하게 자라도
때맞춰 성묘하는 사람이 없었다

그러던 어느 때부터던가

묵은 밭떼기에 축이 쌓이고
수북하던 잡풀도 말끔히 머리를 깎았다
쫓기듯 흩어졌던 자손들이 서울에서 판검사가
되었다는 소문이 바람 따라 건너왔다

아이고, 그 자리가 명당자린 갑네

탄복을 하던 마을사람들은 모두 세상을 떠나고
백정의 묘도 꿈결처럼 사라졌다

동지冬至의 푸른 밤

까치가 홍시를 쪼아 먹는
십일월의 감나무에는 저문 돌다리를 건너는
아버지의 시린 기침소리가 피어있다
컹컹 누렁이의 밝은 귀가 걸려있다

한해 농사의 고단함을 풀어내듯
마을은 일찌감치 초저녁잠에 빠져들고
코스모스 마른꽃대를 서성이던 북두칠성은
문패처럼 아버지의 그림자를 따라온다

늦은 저녁밥상
방금 소복素服의 여인이 집 앞까지 따라왔다는
아버지의 귀신 이야기에 어머니의 오금은 얼어붙고,
숭늉을 재촉하는 아버지의 웃음소리는
담장 너머 이웃 베갯머리까지 날아간다

죽은 나뭇가지에 혼불이 내리듯
동지冬至의 문풍지엔 첫눈이 푸르고
아랫목엔 콩나물순이 노랗게
뿌리를 내린다

세상에서 가장 슬픈 소리

산길인 듯 들길인 듯 그 어디쯤에선가
멀리, 가까이 들려오는 소리

살아온 한 바퀴 마당을 돌아
동네 어귀에 잠시 옛 걸음을 돌아보고
마지막 술잔을 든다

햇살 끝에 설핏 옷깃이 젖은 듯도 한데,
서둘러 개울을 건너고 들길을 지나
두둥실 산등성이를 넘어간다

사람이 죽으면 의례히 산으로 간다고
아이들은 걸음 멈추고 귓속말로 쑤군댄다

앞산 뒷산 높은 산 낮은 산
촘촘히 잠든 상여소리

오늘도 한 생애의 꽃상여가
바야흐로 산으로 간다

지금은 없는 시간

산이 많은 고장에는 골짜기마다 푸른 생명수가 흐르고 있었습니다 골짜기를 돌아 나온 생명수는 맑은 개울이 되어 마을 앞 징검다리를 건너고 있었습니다

개울 옆 늙은 소나무는 사철 푸르렀습니다 뒷산 오랜 묏등의 잔디도 쓸쓸히 눈부셨습니다 멀리 빈 들판을 가로지르던 바람 종가宗家의 처마 끝에 내려앉아 쿨룩쿨룩 겨울밤이 길었습니다

밤새 열이 내리지 않아 숨이 뜨거워진 아이는 산 너머, 그 산 너머 낯선 골목들이 그리웠습니다 아궁이 앞에 쭈그려 약탕기에 한약을 달이시는 어머니 어머니의 야윈 어깨 위로 낮에 보았던 댓잎 그늘이 하얗게 일렁이고 있었습니다

마을입구 버드나무 가지에 북두칠성이 걸릴 때쯤, 늦은 귀가를 서두르는 사내아이들의 발자국소리가 황톳길을 흔들었습니다 끊어질 듯 가까이, 유행가 노랫소리도 들려왔습니다

맨드라미, 먼 기억의 저편

맨드라미 붉은 오후가 저물고 있었다
장유 할매 제삿날, 마당 절반쯤 넓은
꽃밭엔 갖가지 여름 꽃 절정이었다

맨드라미는 유난히 키가 컸다
빨강, 노랑 꽃송이도 작은 부챗살만큼 컸다
우리 집 맨드라미는 왜 그리 작았을까?

설레는 마음 조심조심 키 재기를 하다가
그만 꽃송이 하나를 툭 부러뜨리고 말았다
가슴 철렁, 저녁밥 먹으라는 소리에도
걸음이 떨어지지 않았다

어떻게 꽃송이를 붙여놓지?
너무 큰 꽃이라 너무 큰 죄를 지은 것 같았다
장유 할매가 금방이라도 금테안경을 치켜 올리며
누가 꽃을 꺾었노?
벼락을 칠 것 같았다

갑자기 긴 담뱃대 우리 할매가 보고 싶었다

장유 할배의 큰 형님이신 우리 할배는
종가의 어른이시고 동네의 호랑이셨다
어험, 기침 한 번에 누렁이도 조용해졌다

우리 할배도 장유 할배도 저 세상으로 가신지 오래지만
그때 그 일은 아직도 꽃물이 한창이다

목 부러진 빨간 맨드라미의 선혈
내 인생의 그늘 같은, 불꽃같은
잊혀 지지 않는 먼 기억의 저편이다

돌다리 전설

달밤이면 소복素服의 여인이 빨래를 한다는
그 돌다리는 입에서 입으로 전해진 세월만큼
몸에 패인 이야기의 흔적도 깊다

한밤중 물 방망이질은 금기시된 행위
근동近洞에서는 보지 못했다는 여인의 모습은
처음부터 으스스한 바람을 품고 있었다

아버지의 늦은 귀가 길
헛기침으로 짐짓 돌다리를 건너면 여인은
방망이질을 멈추고 내외하듯 고개를 숙였다
그리고는 웬일인지 얼른 빨래함지를 챙겨 이고
멀찍이 아버지의 걸음을 따랐다

아버지가 언덕을 오르고 논길을 걷는 사이
여인도 소리 없이 달빛을 걸었다

동네 입구 임가네 선산 무덤가에 앉아
아버지가 반짝 담배를 피워 물자, 그때서야
여인은 꿈결같이 깜빡 사라졌다

이때쯤 누렁이도 귀를 열고 컹컹 짖었다

돌다리 전설에 덧대어진 아버지의 이야기는
잊혀 지지 않는 내 마음 속 전설이 되었다

오늘도 아버지와 여인과 달밤이 이미 없는 돌다리를
건너고 있다

까치의 노래

까치야, 너는 무슨 신화를 품고

감나무 푸른 허공에 둥지를 틀었느냐

새벽 정화수에 핀 어머니의 기도는 오늘도

살얼음이 투명한데, 꿈의 가지에 앉은 너의 노래는

언제나 별을 우러르는 높이에 있구나

저길 봐, 뒤뜰 대나무 그늘에도 월남 간 오빠의

무사귀환을 비는 이슬 젖은 발자국이 찍혀있구나

새벽닭 우는 소리에 할아버지 기침소리 은은 잦아들면

아침안개 길손처럼 빈 뜰을 찾아들고,

첫서리 내린 황막한 들판엔

>
마지막 꽃대를 사르는 새벽별이

또 하루 먼 봄날의 징검다리를 건너고 있구나

없어도 없는 게 아니다

없어도 없는 게 아니다
저렇게, 저렇게 오랜 계곡의 이끼를 돌아
물빛 유연한 황토의 숨결로
층층 논밭을 일구고 있다

사람들이 떠나버린 좁은 골목길엔
서둘러 낯선 지붕들이 들어서고
창마다 어느 대도시의 불빛이 펄럭이고 있지만,

그 불빛들 사이로 자야, 순아, 철아
이미 없는 정든 아낙들의 목소리가
따뜻한 저녁밥상을 차리고 있다

호랑이가 내려와 담배를 피웠다는
대문 앞 주름진 바위는 지금쯤
어느 공사장의 허름한 부속품이 되었을까
외딴 길가 쓸쓸한 풍경으로 서서
지나는 바람결에 남은 생을 깎이고 있을까

뒷산으로 오르는 잡풀 무성한 대밭 길

>

아직도 너니?

아직도 나야

떨리는 손 내밀고 있다

제4부

신화 그 이후

왕릉 방문기

이른 오후 홍살문 붉은
숨결에 잠시 걸음을 서성이다,
납릉정문納陵正門에 남은 해를 부린다
몇몇 옷깃이 유월 햇살을 흔들고 갔지만
돌아보니 오고간 흔적이 없다

정적靜寂은 신화의 푸른 봉분을
지키는 오랜 문지기 같은 것
연록의 이파리들만 나른한 어깨를 내려
한낮의 기지개를 켜고 있다

아직도 바다를 품고 있는가
쌍어雙漁의 지느러미에 파도소리 반짝인다
나뭇가지를 흐르는 작은 새는
불현듯 한 잎의 설움을 토해내고는
한층 맑아진 눈망울로 하늘을 올려본다

한 번도 그 무릎에 울어본 적 없는
할아버지의 형형한 눈빛
비탈진 산길을 걸어온 산의 여자가

보랏빛 그늘진 곧은 허리로
오래 망설이며, 불의 눈빛을 열고 있다

여기 어디쯤 선한 인간의 마을이 있으리라

은행나무가 내다보이는 왁자지껄 초록횟집
나그네의 치렁한 머리칼 사이로
누군가 오래 골목길을 돌아온다

초록지느러미 이야기

상수리나무 그늘 아래 샘물 일렁인다 언제부터인가 물결 자잘한 옆구리에 초록지느러미가 자라고 있다

초록지느러미는 날마다 조금씩 나무의 수액을 마시고 나무를 닮은 휘파람소리를 내기 시작한다 먼 산 귀 밝은 메아리가 이를 받아 안고 우울을 앓고 있는 단풍나무의 나이테 속에 묻어둔다

반쯤 열린 대문 사이로 마을이 들어선다 부채를 든 여인들이 나무평상에 걸터앉아 영화의 한 컷처럼 세월을 덜어내고 있다 참새 떼 후르르 처마 밑 거미줄을 흔들고 가자, 한낮을 졸던 채송화꽃잎이 자잘한 제 무늬의 햇살을 깨워 한 생의 풍경소리를 건너간다

초록지느러미에 별 총총 걸어와 박힌다 불멸의 이름으로 기억되어야 할 발자국들 샘물 곁 몇 개의 풀포기로 저물고 있다

세상의 모든 지느러미들 바다를 향해 물결칠 때도 초록지느러미는 상수리나무 곁을 떠나지 않았다

신화 그 이후

불균형의 균형과
균형의 불균형을 체감하려는 듯
가로수의 깃발이 안간힘을 쓰고 있다
햇살 쪽으로 잠시 글자를 펼치다가
바람 쪽으로 무늬를 접기도 하고
사방 나뭇잎에 온몸 부딪치기도 한다

빌딩 숲 눈부신 햇살 속으로 커피를 든
오후의 남녀들 환하게 담소하며 흘러간다

철 지난 계절을 걸쳐 입은 노숙자는
낡은 벤치에 비스듬 걸터앉아
간밤의 젖은 꿈을 내어말린다
방금 스쳐간 햇살 알갱이를 만지작거리며
이십일 세기의 한낮을 졸고 있다

사람의 손끝이 닿은 듯, 닿지 않은 듯
가로수 그늘 아래 한해살이 자잘한 보랏빛 꽃들은
사방 열려있는 먼지바람에 날로 눈빛이 흐려져
저만큼 오는 봄을 보지 못한다

>

긴 소음의 불면에 젖어

오늘도 방 한 칸을 잃어버린다

아버지의 공백 1

김수로왕의 핏줄을 받은 아버지는
할아버지와 그 할아버지가 그러하셨듯이
종손의 무게로 해마다 제사를 지내고
길손을 맞고 가문을 기록했다

젊은 피를 가두어
스스로 공백을 만들고 세상의
크고 작은 소리들을 닫아버렸다

일곱 남매는 안으로만 침잠하는
아버지의 공백을 알 듯 말 듯
옷깃으로 스치며 가끔씩, 더 깊숙이
그 그늘의 한기를 벗어나고자 했다

도시로, 도시로 공부를 떠나고
직장을 만들고 결혼을 하면서

아버지의 공백을 잊어버리고자 했다
세상의 소리 속으로 달아나고자 했다

아버지의 공백 2

낮은 창틀에 오래 비가 내렸다
빗물 스민 자리마다 묵은 상처처럼
이끼가 돋아났다

언제부턴가
이끼의 그늘 어디쯤
제비꽃 반짝 숨을 놓았다

보랏빛 향기가
한동안 마당 언저리를 맴돌았다

잊혀 진 듯
저승길 먼 아버지의 옷깃에도
무지개가 피었다

다시 돌아온
한 번도 떠난 적 없는,

아버지의 딸이 공백의 뜰을 받아든다

맨 처음의 신화

언제나 없는 너와
언제나 그리워하는 나 사이에
천 년 전에 새겨두었던 약속은
그리 믿을 것이 못 된다

바람은 어제처럼 빌딩 몇 채의 불빛을
강물 속에 부려놓고 다리 저 끝으로 멀어진다
거꾸로 선 불빛들은 젖은 채로
하늘의 별빛을 출렁이면서 세상
온갖 이야기를 다 흐를 듯하다

지친 다리를 끌며 오후를 건너는 동안
나무는 초록과 단풍을 번갈아 입으며
다시는 꿈꾸지 않으리라던
어느 적막한 날의 울음을 떠올린다

너 없는 봄을 기다리고
너 없는 가을을 작별하고

오늘은 나를 만나기 위해

오랜 누각에 빗발치는
맨 처음의 신화를 채록한다

가야의 여인

뒷산 산책길 개나리 산발한 잔가지 아래
한 여인 골똘히 쭈그리고 있다
금빛 찬연한 꽃물결 제풀에 기가 꺾여
드문드문 허공을 드러낼 즈음이다

지나다 얼핏 보니,
막 떨어져 생을 마감한 개나리꽃 노란 잔해
한 잎 한 잎 주워 올리고 있다
한 바퀴 산책길 돌아와도
그 자리 그대로 엄숙하다

다시 들여다보니,
꽃잎 한 땀 한 땀 꽃 하트를 짓고 있다
잠들어가던 꽃잎들 무슨 아스라한 생각에 닿은 듯
실핏줄 반짝 생명 켜들기 시작한다

아름답네요, 감탄하자
돌아보며 스칠 듯 말듯 웃음 깨문다
다음날도 그 다음날도 사랑은 풀숲 위에 노랗게 피어
있다

햇살 운동 나선 어르신들 어릿어릿 사랑에 취해
굽은 등 너머 한 시절을 물들이다 간다

며칠 꽃샘바람 봄비 뿌린 뒤,
반짝이던 사랑 이리저리 이지러져 발길 어지럽다
아득 상념에 젖어 한 바퀴 돌아오는데
그 새 흩어진 사랑의 흔적 씻은 듯 사라졌다

마지막 이별의 한 조각까지 거두어 갔나보다 여인은

꽃이 피기까지 다시
긴 바람의 그리움을 견뎌야할 것이다
하늘과 땅의 숨결이 열리는 통로
난생卵生의 북소리를 기다려야할 것이다

겨울옷을 입고 정거장에 서 있다

겨울옷을 입고 정거장에 서 있다
벚꽃 하르르 햇살 사르는 봄날에도
몸속의 한기가 걷히지 않는다
가슴이 뜨거워지지 않는다

사람 속을 한참 걸어왔건만
아는 얼굴이 없다

드문드문 이방인의 발자국이 꽃잎을 스쳐간다
이방인의 발자국은 때로 한 잔의 이야기가 되어
길가 작은 불빛에 흔들리기도 한다

어디로 가는 것일까
어디로 오는 것일까

떠나는 걸음도 돌아오는 걸음도 말이 없다
버스에서 내린 걸음들 이내 바람처럼 사라지고
가로등은 더욱 희게 밤을 풀어놓지만,

몸속의 한기가 걷히지 않는다

가슴이 뜨거워지지 않는다
미친바람이 불지 않는다

박제된 봄은 더 이상 봄이 되지 못한다

고산의 메아리

바람과 바람을 가로지르는
하늘과 땅의 중간
잡초도 이웃할 수 없는
구름의 얕은 한 층이 네 방이다

어린 잎눈부터 한 길로만 뻗어나간 줄기는
어쩔 수 없는 너만의 허공이고 너만의 그늘이다
황홀한 개화도 향기로운 과즙도 이름할 수 없는
무한 날들의 굽이가 지나갔다

등을 기댈 작은 나무 하나
어디서나 줄기를 낼 수 있는
유연한 피의 순환을 꿈꾸는 것은
어리석은 기도이거나 찰나의 유혹

만물이 제 뿌리의 생명을 건너가듯
너도 너만의 길을 흐르고 있다
겨울나목의 잔가지 어디쯤 하늘 끝을 나는
아침까치의 노래도 있으리라

>
바위가 이끼를 발아하는 푸른 숨소리는
절애의 고요가 던져주는 선물이다

완성을 품은 텅 빈 네 몸속으로 산이 무시로 드나든다

꽃의 비밀

꽃은 얼마간 있고 얼마간 없다
언젠가 그곳에 있었다는 듯
지금 이곳에 서 있다는 듯
있는 듯 없고 없는 듯 있다

단풍잎 잘 익은 공원 잔디밭
아이가 총총총 공을 주우러 간 사이,
엄마는 꽃밭에 쭈그려
오랜 꽃의 비밀을 들여다본다

세상의 소리들을 비껴간 듯
살빛 연연한 가을꽃들은
갓 태어난 말간 하늘을 펼쳐들고 있다
생명을 생명으로 받들 줄 알았던
사람을 사람으로 품을 줄 알았던
그 시절의 이야기

바람만 스쳐도 상처가 나는 세상
누군가 무심히도 정성껏 일군 꽃밭에,

〉

언젠가 그곳인 듯 지금 이곳인 듯
꽃은 없는 듯 있고 있는 듯 없다

까마귀울음 지나간 자리

한낮 콘크리트 지붕 위로
난데없는 까마귀울음 날아간다
빛의 날개로 몸은 이미 산을 넘었는지
까악, 까악 소리만 길게 남아
도시의 흐린 심장을 흔들고 있다

까마귀울음 지나간 자리에
구름 몇 송이 집을 지었다 허물었다,
곡예의 생존을 흐르고 있다
몇 채의 집이 피고 지는 사이
골목길엔 제풀에 한철 마을이 돋아났다

불길한 징조야
아니, 요즘 흔히 있는 일이야
사람들의 쑤군거림 사이로
또 한 차례 긴 울음 날아오른다

옛날 옛적 여기 어디쯤 숲이 있었다지 아마

까마귀는 날마다 그 자리에서 울고

그 자리를 떠난다

한 생의 꿈결

봄이 봄답지 않고
여름이 여름답지 않다고
수양버들 잔가지가 바람을 흔들어댄다

오후 여섯시면 어김없이
휠체어를 밀며 개천가에 나오는 그녀
올해 여든인 그녀의 이마에 핀 검버섯이
불볕 걷히지 않은 팔월의 저녁빛살에 선명하다

젊을 땐 그리도 밖으로만 떠돌더니
이제 치매 걸린 노인이 되어 내 옷깃을 잡는구만
흔들리는 눈빛, 쇠락한 백발의 남편을 흘겨보며,
한 생이 꿈결같이 흘렀네

영감이 죽고 나면 연애를 할 거야
나도 한번쯤은 사는 것 같이 살아봐야지
아들에게 말했더니, 두 팔 벌려 환영하네
엄마는 그럴 자격이 있어

아까부터 산등성이를 서성이던

은회색 구름송이 생각난 듯 두둥실
주름진 어스름 노을을 지나간다

포식자의 혀

포식자는 늘 배가 고프다
그들은 멀리 있는 먹이부터 먹어치우는 속성이 있다
어떤 포식자는 누가 보든 말든 무엇이나 할퀴고 집어삼킨다
어떤 포식자는 촉수 깊숙이 끈끈이를 숨기고
하느님도 모르게 야금야금 멍들게 한다

포식자의 뜰엔 소리들로 가득하다
포식을 세습할 핏줄과 추종자와 기회주의자가 활보한다

언제 어디서나 자생하고
돌연변이 하는 포식자의 걸음은
오늘도 은근하고 예의바르고 부지런하다
하루에도 몇 번씩 책상을 닦고
악수를 청하고 광화문을 탐색하고
아이들을 쓰다듬는다

포식자가 지나간 자리엔
작은 풀씨 하나 눈뜨지 않는다

몇 계절이 지나도 봄이 돌아오지 않는다

자신도 모르게 속을 파 먹힌 나무는 어느 날 문득
무릎이 꺾여 다시는 일어서지 못한다

단언하건대,
포식자의 혀는 이미 창조적
미감美感을 상실한지 오래일 것이다

부재

길은 사람을 지우고
사람은 길을 지우고
바람 스쳐간 무한공간에
등 돌린 집들이 들어선다

너와 나를 이어주던
불변의 계절은 떠나가고
아무도 살지 않는 구름언덕엔
낮달만 시리게 몸을 사른다

가끔 오래전에 살다간 사람들이
도깨비 불빛으로 서성이다,
이슬이 되었다는 이야기도 있다
철 늦은 걸음들은
오늘도 집을 찾지 못해
노숙의 별빛을 걷는다

세상 맑은 손 내밀어줄
그리운 한 사람 어디 없을까

>
골목은 비어있고
사람도 비어있다

황홀한 귀가

세찬 파도 위에
갈매기가 날고 있다는 것은
꿈을 꿈꾸게 하는 무언의 신호이다

맨 걸음으로는 갈 수 없는 물길 그 너머에
밤잠을 줄여가며 길을 철썩이는 등대

목이 긴 나무들은 옹이 난 자리마다
신열身熱의 한 잎을 심어두고는
라일락 한 철, 태양의 깊이 속으로 스며든다

세상의 뒷골목을 굽어 비추다가
새벽을 돌아오는 별들의 기침은
울음 한 뜰을 잠재우는
황홀한 귀가歸家

문득 네게로 뛰어들어
나는 비로소 눈부시다

해설

곡신(谷神)의 노래

-몸에 파인 이야기

이민호(시인·문학평론가)

곡신(谷神)은 죽지 않으니 이를 일컬어 현묘한 암컷이라 한다. 현묘한 암컷의 문을 일컬어 천지의 뿌리라 한다. 이어지고 이어져서 항상 존재하는 것 같으니 아무리 써도 힘겹지 않다.(谷神不死, 是謂玄牝. 玄牝之門, 是謂天地根. 綿綿若存, 用之不勤.)-『도덕경』 6장, 무위당 풀다)

1. 금강을 옆에 두고 가야를 읽다

신화의 푸른 골목길로 들어서기 위해 금강에 가보았다. 신동엽이 멀리 바라보고 있었다. 그를 뒤따르는 일은 힘겹고 고통스럽다. 역사의 악몽을 통과해야 하기 때문이다. 파멸과 상처로 얼룩진 퇴행적 통과의례일까. 그렇지 않다고 그는 외친다. '우리는 하늘을 봤다'(『금강』, 「서화 2」에서). '영원의 빛나는 하늘'(『금강』, 「2장」에서). 하늘은 덧붙일 것도 없이 타자의 얼굴을 하고 있다. 순간을 사는 생명으로 뜻 없이 소멸할 것 같았던 시간의 흐름을 역류시켜 시원으로 돌아가 보니 거기에 영원을 꿈꾸는 창조자가 있었다. 신동엽은 되돌아보는(retrospective) 자다. 과거로 시선을 돌리는 일은 단순히 회상에 젖는 심리적 동요가 아니다. 다시 생성하고자 하는 욕망이다.

그렇게 김성조도 되돌아보는 자다. 신동엽이 신하늬라는 아바타를 통해 새롭게 역사를 재구성했듯이 그도 다시 태어나기 위해 신화 속으로 스며들었다. 신동엽이 끊임없이 해체되는 소수의 복원을 통해 공존의 미래를 상정했듯이 김성조도 "구지봉의 북소리"에 귀 기울이고, "가야국을 흐르는 빛"과 대면하고자 한다. 그는 가야국을 "돌아오지 않는 왕국"으로 인식한다. '돌아오지 않는' 사태는 '적멸(寂滅)'을 뜻하지 않는다. 오히려 기다림과 그리움 속에 반드시 마주하리라는 가능성이다. 그것은 지난 기억 속에 묻힌 사람들과 화해하고 재생을 기약하는 일이다. 그러므로 과거로 되돌아가는 시간 여행은 미래를 예언하는 시인의 길이기도 하다. 순간에서 영원을 추구하는 시의 서정이다.

김성조의 시를 읽는 시간은 영원성을 향해 가는 순간이기에 밋밋하고 평이한 수평적 삶에 균열을 가하고 어두운 심연에서 대지를 뚫고 우주로 솟는 수직적 상상력을 열어 놓는다. 바슐라르는 현재 우리가 살아가고 있는 시간을 수평적 시간이라 말한다. 시계를 연상하듯 기계적이다. 이 물리적 시간은 경직되고 정지된 느낌이다. 어째 내 삶을 사는 것 같지 않다. 현재 김성조는 그러한 시간의 벽 앞에 서 있는 듯하다. 자기 상실을 경험하는 중이거나 다른 사람의 시간을 사는 듯 자기 자신을 사물처럼 대하고 있는지도 모른다. 허허롭다. 그러므로 이 시집은 단절적인 시간 연속에서 선회하여 시원으로 돌아가고자 하는 그와의 동행을 꿈꿀 수 있다. 이 수직적 시간은 신비롭다. 산산이 흩어진 존재의 응집이다. 내가 나로서 나를 느끼는 상승의 시간이다. 이는 어머니의 몸에서 이 세상으로 튀어나오는 순간이기도 하다. 상징적, 수평적 시간에서 여성적 시간으로 변화하는 것이다. 바슐라르가 말한 우주적 몽상이다.

노자는 이러한 몽상의 시간 속에 있는 주체를 '곡신'이라 했다. 수직적으로 시간을 거슬러 가다 보면 깎아지른 산 정상에 오를 것이다. 그 순간 신과 마주하는 단독자로서 고독하기 그지없다. 김성조는 지금 그 절대 고독 속에 고요히 아래로 시선을 두고 있다. 결단의 순간이기도 하다. 되돌아보는 예언자로서 가락국 신화의 밑바닥에 흐르는 빛과 소리를 담아 다시 아래로 아래로 흘러갈 결심이다. 신동엽이 금강의 흐름 속에서 하늘을 보았듯이 김성조는 가야의 고요한 공간에서 다함 없는 뿌리를 보았다. 이 시집은 그가 마련한 내밀한 곳으로 가는 문이다. 그리고 결국 나는 누구인가 찾아가는 몽상이다.

2. 신화의 푸른 머리맡

거슬러 가보니 거기 무엇이 있을까. 소리와 빛이 있었다. 가야 신화의 핵심이다. 구지가(龜旨歌)를 부르며 환희용약 끝에 얻게 된 여섯 개 알은 무엇을 뜻하는 걸까. 시는 건국 신화의 상징을 담지 않는다. 가락국을 넘어 더 솟아올라 상상력을 발휘한다. 그러므로 이 시집은 신화의 머리맡에 풀어 놓은 김성조의 자기중심적 세계관의 집적이라 할 수 있다. 그곳은 그의 근거이며 중심이다. 델포이 신전의 옴파로스(Omphalos)처럼 신탁을 받는 여사제의 은밀하고도 내밀한 장소이다. 아니 한 개 돌이다. 옴파로스는 '배꼽'이란 뜻이며 세상의 중심이다. 거기서 무슨 소리가 들렸단 말일까. 신화는 크로노스의 뱃속에서 삼켜 버린 자식들을 돌로 토해내 재생에 이르렀는데 그처럼 이 시집 속에도 크로노스, 즉 시간 속에 갇힌 기억들이 되살아나는 흔적을 담고 있다.

산이 맑고 들이 아름다운 고을에는 눈빛 선한

사람들의 이야기가 전해온다 그 이야기는 다산多産의 평화와 그해 농사를 기름지게 하는 물소리를 닮아 있다

어느 해, 하늘이 친히 목소리를 내어 춤추고 노래하며 나를 맞으라 명하신다 구지봉의 북소리 뜨겁게 해를 오른다 붉은 보자기에 싸인 여섯 개의 알 그 중 황금빛 짙은 얼굴 먼저 껍질 깨고 나와 바다를 평야로 다스리는 손을 들어 보였다

수로왕의 골짜기엔 해마다 젊은 꽃들이 가지를 벋어 봉우리마다 마을이 들어선다 어디에도 없는, 어디에나 있는 소리의 근원을 채워가기 위해 밤낮의 길이를 처마 끝에 새겨두고 맨발의 새벽나루를 저어간다

이야기는 어린아이의 강보에 싸여 오늘도 이웃집 담장 너머로 줄기를 낸다 아이들은 단잠에 귀가 밝고 겨드랑이엔 제 고장의 풀꽃 하나씩 꽂아도 좋다

-「수로왕의 골짜기」 전문

옴파로스는 신과의 소통을 위해 설정된 매개체이기도 하지만 듣기만 하는 곳이 아니라 자기 고백의 장소이기도 하다. 그러므로 이 시집에서 가야 신화는 수로왕의 이야기에서 벗어나 김성조 개인의 고백 서사로 변주된다. 기존 가락국 신화는 하늘과 맞닿아 있지만 이 시집 속 가야 신화는 아래로 아래로 내려가 가장 낮은 곳에 뿌리를 대고 있다.

그 장소는 노자가 말한 곡신이 거주하는 곳이다. 다산과 풍요의 물소리가 끊이지 않는 모성이 자리하는 곳이다. 그 품에 "눈빛 선한 사람들"이 대를 거듭하며 존재한다. 그리고 바다를 향해 가는 생명의 회귀를 반복하고 있다. 수로왕은 이름만 있을 뿐 곡신의 골짜기에는 꽃과 아이들로 천지의 뿌리를 이루고 있다. 거기까지 가서 시인은 고백한다. "어디에도 없는, 어디에나 있는 소리의 근원을 채워가기 위해 밤낮의 길이를 처마 끝에 새겨두고 맨발의 새벽나루를 저어간다"라고. 그러므로 이 시집에 실린 시들은 '어디에도 없는' 사연을 '어디에나 있는' 형식(소리)에 채운 흔적이다. 이때 김성조는 '밤낮의 길이를 처마 끝에 새겨 두'듯 시간을 자유롭게 운용하는 현묘한 곡신으로 변신한다. 그리고 몸에 파인 이야기들을 간직한 채 맨발로, 원초적 형상으로 새벽 나루에서 새롭게 시작할 시간과 대면한다.

신화 속에서 시간은 무의미하다. 죽지 않고 항상 존재하는 곡신으로서 시인은 신화를 자기 존재의 신화로 변주시켜 이야기한다. 시인은 말한다. '잠들어야 할 때'(「거북아, 거북아」)라고. 이는 새로운 운명을 향해 가고자 하는 욕망의 발동이다. "사람의 세상"(「거북아, 거북아」)을 꿈꾸는 일이다. 이 시집이 지향하는 신화시대의 정체라 할 수 있다. 곡신의 노래가 담고 있는 뜻이기도 하다. 그처럼 김성조는 "나와 닮은 소리 한 점"(「소리들의 흔적」)을 찾아 되돌아가고 있다. 근원으로 가는 길에 "세상에 없던 꽃"을 피우고, "꼭 만나야 할 사람"(「천년의 결혼」)을 만날 작정이다. 이처럼 현재 그의 몸속에 내장된 소리의 근원을 찾아가는 길은 애초에 나를 존재케 했던 소리와 만나는 일이며 슬픔의 힘으로 숨결을 트고 길을 만든 약속이기도 하다. 이 시에 담긴 '그리움'은 구체적이다. '옛사람과 만나는 방법'이기 때문이다.

그리움과 더불어 이 시집에는 '기다림'이 있다. 그것은 "내 별로 돌아가리라"(「수릉원을 걸으며」)는 고백이다. 그리고 지금 그가 거처하고 있는 이 별(현재)과 이별하는 일이기도 하다. 별을 기다리는 심사는 모든 시인들의 몸에 파인 이야기가 아닌가. 즉 이 자기 별 찾기는 "벼랑 끝 같은 황홀"(「유적지 뒷길」)경이다. 이 순간 시간이 응축된 채 사물도 나도 구분되지 않은 융합의 경지, 즉 빛의 쏘임. 아우라를 경험하게 된다.

이름은 없지만
이름을 살라고 한다

키는 낮지만
키를 세우며 살라고 한다

구름이 처마를 적시고
바람이 뜰을 잠식해버려도
그 터에 열리는 소리를 잊지 말라고 한다

외진
어느 산길이든
들길이든

한사코 맑게 향기롭게 길을 품으라고 한다

언젠가 제 빛의 계절이 찾아오리라고
홀로, 더 홀로

어둠을 걸어가라고 한다

-「가야의 후예」 전문

이 시에서도 "어디에도 없는, 어디에나 있는 소리의 근원"(「수로왕의 골짜기」), 즉 신탁, 혹은 운명의 아이러니를 볼 수 있다. '이름 없음'은 죽음에 앞서 달려가 보는 행위다. 그럼으로써 '이름을 살' 수 있다. 즉 삶을 구가할 수 있다. 진정한 자아와 만나게 되는 것이다. 이때 시인은 비로소 자기 삶의 주재자로서 주어진 존재성에서 탈주하여 새로운 가능성으로 가기를 욕망한다. 구름과 바람의 지배적 잠식을 거부하며 새롭게 전개되는 운명의 소리에 귀 기울이겠다고 선언한다. 이는 길을 따지지 않고 자기 안에 새로운 길을 내라는 소리이기도 하다.

궁극적으로 릴케가 경험했던 차단된 시인의 공간 속으로 침잠해 가는 것이다. 이는 이 시집이 설정한 신화의 시간이 외부에 존재하는 것이 아니라 내면에 자리하고 있음을 보여 주는 것이라 할 수 있다. 이 시집을 읽으며 우리는 내밀한 내면의 세계로 응축돼 소멸해 가는 것처럼 아득하기도 하겠지만 블랙홀이 화이트홀로 변주되는 빛의 신화를 체험하게 될 것이다. 김성조는 그것을 '슬픔에 내장된 큰 힘'(「유적지 뒷길」)이라 고백한다. 이는 신화의 푸른 이마에 서리는 소리와 빛이기도 하다.

3. 참 이상한 그리움

이 시집은 두 개의 신화를 담고 있다. 가야 신화에 의 지한 채 부르는 시인의 자기 고백과 되돌아가서도 찾을 수 없었던 시간의 실마리이다. 두 신화 모두에 그리움이 관여하고 있다. 앞서 보았던 신화가 무엇이 되려는 욕망의 그리움이었다면 이제는 유년의 뜰에 자리하는 지금은 없는 시간의 그리움이다. 그리움 속에 자리하고 있는 것은 '꺾임'의 트라우마다. 이는 지금도 시인을 억압하는 불길한 징조이며 그늘진 속설이다. 혹은 좌절이거나 곡해일 수 있다.

우리 집 맨드라미는 왜 그리 작았을까?

설레는 마음 조심조심 키 재기를 하다가
그만 꽃송이 하나를 툭 부러뜨리고 말았다
가슴 철렁, 저녁밥 먹으라는 소리에도
걸음이 떨어지지 않았다

—「맨드라미, 먼 기억의 저편」 부분

꽃은 얼마간 있고 얼마간 없다
언젠가 그곳에 있었다는 듯
지금 이곳에 서 있다는 듯
있는 듯 없고 없는 듯 있다

—「꽃의 비밀」 부분

어린 시절 그리움은 공백 속에 자리하고 있다. 이 결핍은 매번 왔지만 다시 떠나는 '버스'를 뒤따르는 "가야의 아이"(「열살의 오후」)가 겪었던 낯선 경험이며, 앙갚음과 대물림으로 이어지는 궁핍과 가난(「오늘 밥 주지 마라」)이거나, 다시 유폐되어야 했던 '합천댁 할매'(「세상 그 너머의 세상」)의 무너진 노년이며, 아버지의 기침 소리에 묻어나는 귀신들 맺힘이다(「동지의 푸른 밤」). 이 상실의 신화는 "지금은 없는 시간"(「지금은 없는 시간」)이며, "세상에서 가장 슬픈 소리"(「세상에서 가장 슬픈 소리」)처럼 귓전에서 사라지지 않는다. "아직도 너니?/아직도 나야"(「없어도 없는 게 아니다」)라고 묻고 답하는 자기 존재 증명의 공허함이기도 하다.

다시 돌아가 꽃을 왜 누가 꺾었을까. "아직도 너니?" 묻듯이 맨드라미를 부러뜨렸던 기억이 사라지지 않는다. 꽃은 있다 없다 하더라도 꽃처럼 꺾였던 시인의 그리움이 머물던 장소는 늘 그대로다. 이 존재감을 김성조는 "있는 듯 없고 없는 듯 있다"는 선적 언어에 얹어 놓는다. 그는 이제 와 보니 '꽃'이 품은 '비밀'은 부러뜨리고 꺾는 행위에 있지 않았음을 깨닫는다.

꽃을 꺾음은 그것에 멈추는 것이 아니다. 누군가에게 바치고자 하는 욕망의 표출이다. 『삼국유사』 '수로부인조(水路夫人條)'에 실렸던 「헌화가(獻花歌)」의 경우는 어떤

가. 왜 노옹(老翁)은 위험을 무릅쓰고 절벽에 핀 철쭉을 꺾어 수로부인에게 바쳤던가. 수로부인의 청이 있기는 했지만 다들 마다하는 일을 굳이 나서서 노래까지 지어 바쳤을까. 대부분 수로부인의 아름다움에 매혹된 노인의 치기처럼 치부하거나 무격인 수로부인과 신선인 노옹이 펼치는 신비주의를 펼치곤 한다. 그러나 헌화가에서 "나를 부끄러워하시지 않으신다면/꽃을 꺾어 바치겠습니다."라는 내용에서 핵심은 '부끄러움'의 실체다. 남의 부인과 노인 사이에 '부끄러움'은 '연인' 간에 오가는 연정은 아니었으리라. 수로부인의 아름다움에 반했다면 수행했던 수족들은 왜 꽃을 꺾어 주길 마다했는가. 수로부인이 노인을 한 인간으로 받아들인다는 조건에서 '부끄럽게 여기지 않는다는 것'은 상대를 인정하는 표현이다. 그러므로 꽃을 꺾어 바치는 행위는 아름다움에 대한 찬사라기보다 내 존재 인정에 대한 보답은 아닐까.

그러므로 이 시집 기억 저편에 자리하고 있는 '부러뜨림'의 불안은 '꺾임'이라는 좌절의 이야기를 몸에 새겼을 것이다. 그렇지만 내밀한 무의식으로 한 발 들어가면, 즉 신화의 시간으로 들어가면 꽃을 부러뜨림은 어떤 대상에 대한 헌화의 의지를 이미 담고 있지 않을까. 그러므로 이상한 그리움의 정체는 아직 헌화하지 못한 아쉬움은 아닌지. 궁극적으로 이 시집에 흐르는 기다림과 그리움의 정조가 소수자, 즉 타자에게 열려 있는 까닭이기도 하다. 타자의 얼굴에서 자기 존재를 확인하는 일이기도 하다. 이는 다분히 모성적인 층위로 변주되며 곡신의 노래로 이어진다.

> 목이 긴 나무들은 옹이 난 자리마다
> 신열身熱의 한 잎을 심어두고는
> 라일락 한 철, 태양의 깊이 속으로 스며든다
>
> 세상의 뒷골목을 굽어 비추다가
> 새벽을 돌아오는 별들의 기침은
> 울음 한 뜰을 잠재우는
> 황홀한 귀가歸嫁
>
> —「황홀한 귀가」 부분

그가 부러뜨린 맨드라미는 누구도 아닌 자기 자신이었다. 어느 때는 목이 긴 나무가 되었다가 또는 라일락이 되어 "세상의 뒷골목을 굽어 비추"지 않는가. 다시 그의 참 이상한 그리움에 대해 짚어 본다. 결코 거부할 수 없이 자신을 누군가에게 헌신하며 주려 했던 것이 아닐까.

4. 곡신의 변주를 꿈꾸며

이 시집의 근간은 "오늘은 나를 만나기 위해/오랜 누각에 빗발치는/맨 처음의 신화를 채록한다"(「맨 처음의 신화」)는 고백이다. 자기를 만나는 신화가 마침내 김성조를 계곡으로 이끌었다. 신동엽이 신하늬를 통해 하늘을 보았듯이 그도 곡신으로 변신하여 새로운 신화를 시작하려는 듯하다.

별의 왕국은 돌아오지 않았다. 대신 곡신의 거처를 마련했다. 시의 순간은 영원을 향해 뻗어 간다. 그때 비로소 우리는 황홀경에 빠진다. 그처럼 김성조의 시 쓰기는 순간에서 영원으로 이어지는 곡신의 노래다. 곡신은 '가야의 여인'으로, '노점상의 여인'으로, '먼길 온 여인'으로 변주된다. 그러다 형체를 지우고 거대한 자연 속에서 자유롭게 자기 몸을 바꾸기도 한다.

상수리나무 그늘 아래 샘물 일렁인다 언제부터인가 물결 자잘한 옆구리에 초록지느러미가 자라고 있다

초록지느러미는 날마다 조금씩 나무의 수액을 마시고 나무를 닮은 휘파람소리를 내기 시작한다 먼 산 귀 밝은 메아리가 이를 받아 안고 우울을 앓

고 있는 단풍나무의 나이테 속에 묻어둔다

—「초록지느러미 이야기」 부분

곡신은 천지의 뿌리다. 그러므로 거대한 우주목이기도 하다. 초록지느러미 같은 가지를 쳐 세상을 뒤덮으려 한다. 이는 김성조의 시가 갖는 특성이라 해도 좋겠다. 뿌리에서 틔운 가지에서 잎새를 내고 꽃을 피워 헌화하는 과정을 되풀이하며 시간의 흐름을 마다한 채 특별한 현재 속에서 영원을 살고 있는 것이다. 때론 존재하지 않는 것을 그리워했던 슬픔이 있기도 했다. 이는 시간이 지우고 간 '순간'을 '약속'으로 생각했던 착시라 할 수 있다. 그러다 공허 속에서, 무위(無爲)의 상태에서 새로운 자신과 만난다.

세상 맑은 손 내밀어 줄
그리운 한 사람 어디 없을까

골목도 비어있고
사람도 비어있다

—「부재」 부분

변신한다는 것은 현재의 나를 무화시키는 일이며 과

거의 나를 부정하는 일이다. 이 실존적 기투 앞에 김성조도 서 있다. 신화 속으로 되돌아가려는 것은 존재 귀의라기보다 현재를 살기 위한 방편이라 할 수 있다. "그리운 한 사람"은 신동엽이 종로 5가에서 마주쳤던 눈 맑은 소년 노동자였다가 김성조의 시에 이르러 "세상 맑은 손 내밀어 줄" 미래에 오는 사람으로 오고 있다. 이 몸에 파인 이야기가 그의 시 쓰기이다.

김성조

경남 김해에서 태어났고, 한양대학교대학원 국어국문학과에서 석사 및 박사학위를 받았다. 1993년 『자유문학』 신인상으로 시 등단. 시집으로는 『그늘이 깊어야 향기도 그윽하다』, 『새들은 길을 버리고』, 『영웅을 기다리며』 등이 있고, 시선집 『흔적』을 출간했다. 『부재와 존재의 시학-김종삼의 시간과 공간』, 『한국 근현대 장시사長詩史의 변전과 위상』(2019년 대한민국학술원 우수학술도서 선정) 등의 학술 저서와, 평론집 『詩의 시간 시작의 논리』가 있다.

신화의 푸른 골목길을 걷다

초판1쇄 인쇄 2024년 4월 15일
초판1쇄 발행 2024년 4월 26일

지은이 김성조
펴낸이 이대현
편집 이태곤 권분옥 임애정 강윤경
디자인 안혜진 최선주 이경진
마케팅 박태훈 한주영

펴낸곳 도서출판 역락
출판등록 1999년 4월 19일 제303-2002-000014호
주소 서울시 서초구 동광로 46길 6-6 문창빌딩 2층 (우06589)
전화 02-3409-2060
팩스 02-3409-2059
홈페이지 www.youkrackbooks.com
이메일 youkrack@hanmail.net

ISBN 979-11-6742-726-7 03810